Para Carmine Agnone, Stefano Barone y Timothy Block

R.A.

Puede consultar nuestro catálogo en www.picarona.net

EL NIÑO QUE AMABA A LA LUNA
Texto e ilustraciones: *Rino Alaimo*

1.ª edición: octubre de 2016

Título original: *The boy who loved the moon*

Traducción: *Joana Delgado*
Maquetación: *Isabel Estrada*
Corrección: *M.ª Ángeles Olivera*

Edita: Picarona, sello infantil de Ediciones Obelisco, S. L.
Collita, 23-25. Pol. Ind. Molí de La Bastida
08191 Rubí - Barcelona
Tel. 93 309 85 25 - Fax 93 309 85 23
E-mail: picarona@picarona.net

ISBN: 978-84-16648-70-2
Depósito Legal: B-14.484-2016

Printed in China

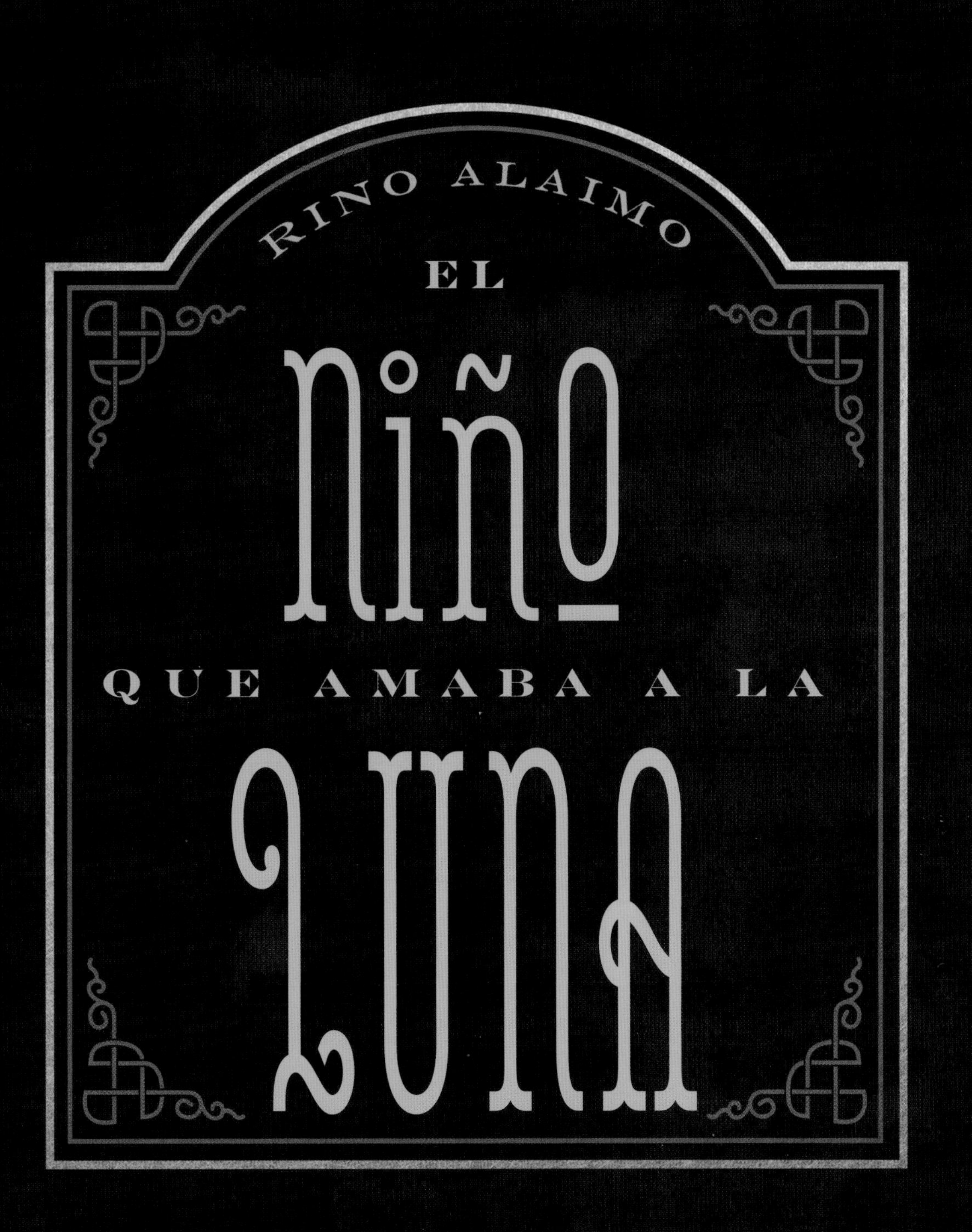
RINO ALAIMO
EL
NIÑO
QUE AMABA A LA
LUNA

Picarona

Hace muchos, muchos años, una noche de junio, las luces de la ciudad se fueron apagando hasta que una sola iluminó la urbe.

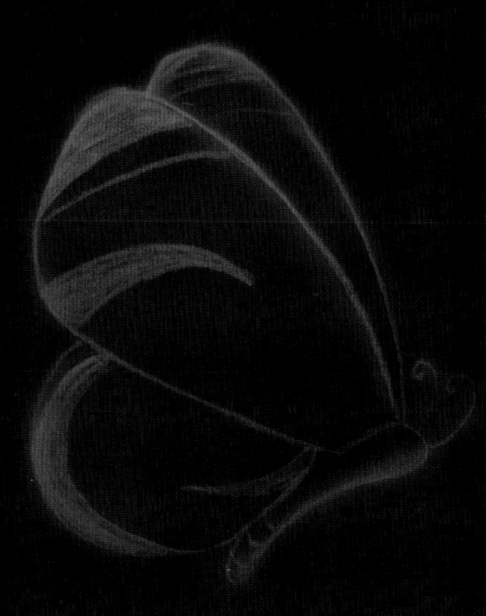

Era la luna, que brillaba con un resplandor fulgurante.
Su luz, proyectada a través de una ventana abierta,
conquistó el corazón de un chiquillo solitario.

ecidido a ganarse el cariño de la luna,
el niño emprendió un largo y duro ascenso
para ofrecerle una bella rosa.

Pero la luna no se inmutó con el regalo
y rechazó discretamente al niño.

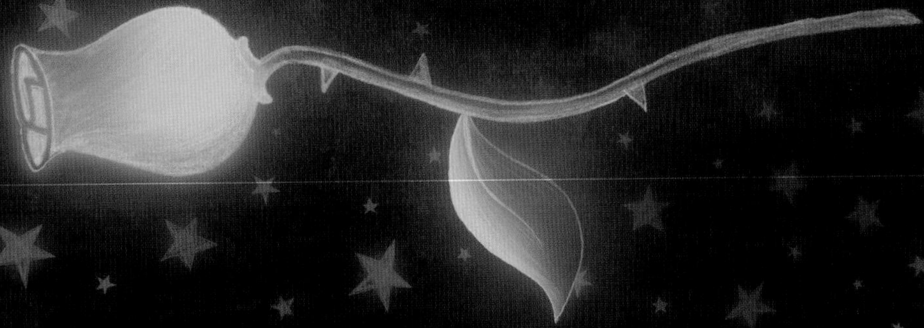

Él, sin embargo, no perdió la esperanza.
Se embarcó en un largo viaje a través de mares turbulentos
en busca de un valioso regalo para conquistar
el corazón de la luna.

Había oído rumores de que en lo más recóndito de las profundidades oceánicas se encontraba la más exquisita de las perlas.

Con la perla firmemente sujeta entre sus manos, el muchacho subió hasta más allá de la superficie del mar, a través del denso manto de estrellas, para ofrecer a la luna su nuevo regalo.

Pero, una vez más,

ella rehusó el presente.

El niño no titubeó. Con el corazón roto, desenvainó su espada, se enfrentó al despiadado dragón del bosque y, de un certero golpe, arrancó a la bestia su ojo de diamante.

Pero a la luna no le importaban
las riquezas y, una vez más,
rechazó su regalo.

Destrozado, decepcionado,
el niño se encontró con
una vieja casa en ruinas.

En la ventana apareció la sombra
de un anciano. Éste contó al muchacho
que muchos otros antes que él habían
intentado conquistar el amor de la
luna con los más fastuosos presentes.
Pero todos habían fracasado.

El viejo advirtió al muchacho de que debía dejar de intentarlo, de otro modo ella lo transformaría para siempre. De repente, la sombra del anciano se convirtió en la de un enorme lobo.

Al escuchar eso, cualquiera habría abandonado. Pero no aquel chiquillo, no él. NUNCA renunciaría a su luna. En la soledad de sus pensamientos, trazó un plan.

Ató a la luna con una cuerda larga, larga, y la sujetó bien. Y cuando el sol empezó a aparecer lentamente en el oscuro horizonte, el niño pudo al fin ofrecer a la luna algo que ella nunca antes había visto . . .

Le ofreció la belleza
de los colores del día.

Y hoy en día, si contemplas la luna una noche oscura y mágica de junio, podrás ver que no está sola.

Pues, finalmente, el niño conquistó el amor de la luna.